Eine Kreuzfahrt schlägt Wellen

Unterwegs auf der MS Krawall

ELLA ATZENHOF

ELLA ATZENHOF

Eine Kreuzfahrt schlägt Wellen

Unterwegs auf der MS Krawall

Erzählungen

Bibliografische Information der Deutschen Nationalbibliothek:
Die Deutsche Nationalbibliothek verzeichnet diese Publikation in der Deutschen Nationalbibliografie; detaillierte bibliografische Daten sind im Internet über http://dnb.dnb.de abrufbar.

Herstellung und Verlag: BoD – Books on Demand, Norderstedt

ISBN: 978-3-7578-8130-6

AHA. EIN GEOGRAPH.

Erster Abend an Bord. Tatort: Restaurant. Ein eifriger Kellner kommt mit wehenden Fahnen, pardon - mit wehender Serviette über dem Arm - auf uns zu: "Für zwei?" Ich drehe mich um, und da ich niemandem außer uns noch erspähen kann, sage ich: "Ja".

Der Kellner (heißt der auch unter Deck "Steward" oder war das nur Sascha Hehn auf dem Sonnendeck des Traumschiffs? Hmm… Egal!) drehte auf seinen Absätzen (oder darauf, was einmal in besseren Zeiten Absätze waren) um, machte eine unmissverständliche Handbewegung, dass wir ihm folgen sollten und steuerte auf einen runden Tisch zu, an dem bereits vier Personen Platz genommen hatten. Wohlerzogen nickten wir ein „Gu´n Abend!" in die Runde. Weniger wohlerzogen grummelte uns ein "Mahlzeit!" entgegen. Die Herrschaften saßen schon über der Suppe und wir waren wohl doch etwas spät, daher schlug uns nicht gerade eine Welle der Freundlichkeit entgegen. Da wir aber von sportlicher Natur waren, machten Toni und ich den zeitlichen Rückstand in der Menüfolge bis zum Hauptgericht wieder wett: Wir ließen einfach das 1. Zwischengericht aus.

Und siehe da: Mit dem Servieren des Desserts eine Stunde später kam dann auch schon eine zaghafte Konversation am Tisch auf. Offenbar war den Damen und Herren am Tisch das ewige Schweigen doch etwas zu "still". Und wir beide, Toni und ich, hatten einfach keine Zeit gehabt, ein Gespräch zu eröffnen. Wie gesagt, wir mussten im Menü etwas Zeit "gutmachen".

Das sich entwickelnde Gespräch war - etwas holprig, schließlich kannte man sich erst seit fünf Gängen und zwei Getränken und schließlich war man müde von der weiten Anreise zur Kreuzfahrt und schließlich, nun ja, schließlich waren unsere Tischpartner deutsche Landsleute. Zwei Ostdeutsche, und zwei Norddeutsche – Hamburger, um genau zu sein - und damit von uns zwei umgänglichen Österreichern gemütsmäßig so weit entfernt wie der Halleysche Komet derzeit von der Erde. Andere Länder, andere Sitten, anderer Humor, alles anders.

Im Sinne der "Aktion Mitmensch" spendeten auch wir. Und zwar nette Worte an unsere Tischgegner, äh... -partner. Und - um es kurz zu machen, schon bald - gewissermaßen mit dem letzten Löffel Mousse au Chocolat - entwickelte sich etwas, das Außenstehende durchaus als gepflegte Konversation bezeichnen würden.

Es gab einige Verständigungsschwierigkeiten, da die zwei, ich nenne sie liebe voll „Fischköppe“, offenbar einen selten gesprochenen Dialekt des Suaheli zu sprechen geruhten. Nun ja. Möglicherweise haben sie aber auch nur Plattdeutsch „geschnakt“...?

Im Gegenzug haben wir immer wieder unsere gepflegte österreichische Dialektik anklingen lassen, wodurch ein gegenseitiges Nichtverstehen eingetreten ist, das jeder versuchte, durch wissendes Nicken zu überspielen. Solange man nicht an den falschen Stellen nickt, ein probates Mittel in den meisten Small-Talks.

Und dann, ja, dann! Ganz plötzlich kam sie, die unvermeidliche Frage aller Fragen, die unweigerlich im Laufe einer jeden Reise (ob zu Lande oder am Schiff) einmal von den Reisekumpanen gestellt wird. "Was machen Sie beruflich?"

- Ich stutzte kurz und überlegte, ob ich diesmal "orthodoxe Nonne" oder "Nasenringherstellerin in Papua-Neuguinea" sagen sollte, als mich der Blick meines Geliebten... – nein, nicht was Sie jetzt denken! - meines geliebten Kollegen (immer schön ausreden lassen, gell?) traf, der wohl meine Gedanken erriet und mir so kräftig gegen das Schienbein trat (- der blaue Fleck wird - da kurzes Kleid („das kleine Schwarze") - noch im Mittelpunkt des festlichen Kapitänsempfangs stehen: Na warte!), dass ich laut aufschrie: "AU!stralische Weitenmessung von Kängurusprüngen". Noch ein Tritt folgte (- ich werde wohl in Hosen beim Kapitän erscheinen) und ich ergänzte: "... Weitenmessung bei Kängurus hätte mich interessiert, aber ich habe dann doch studiert. UND SIE?" Thema abgewürgt und den Spieß umgedreht.

Hätte ich denn sagen sollen, dass ich Geographin bin?? Stellen Sie sich vor, bei einem Cocktailempfang gibt sich einer der Gäste als Quantenphysiker zu erkennen: Wer würde da nicht vor Ehrfurcht erstarren und sofort das Thema wechseln, um sich keine Blöße zu geben? -- Was aber, wenn die Partybekanntschaft kein Quantenphysiker ist, sondern Geograph/in? Das wäre in den Augen des Gegenüber weniger problematisch, schließlich hatte der ja mal so etwas wie Erdkunde in der Schule, musste alle Nebenflüsse der Donau aufsagen und die höchsten Berggipfel der Westalpen und hatte zu lernen, wo die Zitronen wachsen und wo Schafe gezüchtet werden. Das Einzige, was ihm jetzt noch schleierhaft sein könnte, wäre, wie jemand mit solchem Wissen Geld verdient. Oder ob überhaupt.
Wollte der Wissenschaftler das erklären, müsste er Geographie beschreiben, müsste von Klimapflege, Erosionsforschung, Lawinenkunde und Bodenverdichtung berichten, müsste von Satellitenbildern erzählen, von

Humusschichten, Vegetationsgrenzen und von Umweltgutachten, von Raumplanung und Dorferneuerung, von Siedlungsstrukturen und hydrologischen Netzen. Da er das schon so oft hat herunterbeten müssen, könnte er unwirsch behaupten, Geographen seien so etwas Ähnliches wie Geologen. Stimmt zwar nicht, stellt den Gegenüber aber ruhig. Zwar wissen längst nicht alle Menschen, dass Geologen Spezialisten für den Aufbau der Erde sind, für die Bildung von Gesteinen und die Lage von Bodenschätzen. Gerade deswegen aber stößt ihr Beruf in der Gesellschaft auf ähnlichen Respekt wie der des Quantenphysikers. Indem er sich als Geologe ausgibt, würde der Bekannte zudem eine Menge Zeit sparen, weil man ihn am Tag nach dem Sektempfang ohnedies dafür halten würde - ganz so, wie sein Frisör das tut oder seine alte Tante, auch wenn sie den Unterschied schon fünfmal erklärt bekam...

Das Ansehen von Geographen leidet darunter, dass so viele Menschen früher Erdkundeunterricht genossen oder erlitten haben und meinen, die moderne Geographie sei dasselbe. Dummerweise gingen auch Personalchefs früher einmal zur Schule. Wer ihnen als Stellenbewerber den Job etwas erleichtern müsste, gibt sich statt als Geograph am besten gleich als Geologe aus: als solcher wird er zwar auch abgelehnt, der Headhunter hätte aber wenigstens das gute Gefühl, zu wissen, WEN er da wieder nach Hause geschickt hat.

Schuld am verschwommenen Berufsbild ist, dass Geographen sich für alles zuständig fühlen, womit sie aber SO falsch nicht liegen. Denn ihre Ausbildung streift außer Mikroelektronik und indo-iranischer Linguistik so ziemlich alles, was Universitäten an Fächern zu bieten haben. Böse Zungen behaupten, Geographie studiere nur, wer seit einer misslungenen Integralrechnung im Mathematikunterricht ein gestörtes Verhältnis zu Naturwissenschaften habe. Oder für die Rechtswissenschaften nicht in Frage kommt, weil vom Vater keine Kanzlei zu übernehmen ist.

Wenn Geographen unter sich sind, bezeichnen sie sich als Universaldilettanten und sind auch noch stolz darauf.

Wie hat der österreichische Dichter Nestroy schon im 19. Jahrhundert gesagt: "Von allem etwas, aber nichts gründlich zu wissen - darin liegt die wahre Genialität!" - Geographen scheinen also sehr genial zu sein.

Das hält sie aber nicht davon ab, über andere Disziplinen zu spotten, wo man über unendliche Dimensionen promovieren kann, ohne zu wissen, wie man ein rechtwinkeliges Dreieck berechnet. - Zu Fachidioten können - ganz selten, aber doch - auch Geographen werden, die letzten "Spezialisten für's Ganze": Einer schrieb bestimmt eine Diplom-, wenn nicht gar einen Doktorarbeit über die Verteilung von FastFood-Filialen in einer mitteleuropäischen Großstadt. Man erwähnt das natürlich nicht häufig, aber auch das ist Geographie.

Und das erklären Sie einmal an einem lauschigen Abend im Mittelmeer einem 90-jährigen hanseatischen Ehepaar, das Ihnen seit einer Stunde gegenübersitzt und hie und da mit dem Kopf nickt, obwohl es kein Wort ihres Dialektes versteht...

Ein Lotse weist dem Käpt'n den Weg. Hätte man nicht besser einen Geographen nach den richtigen Koordinaten fragen sollen? – Ja, weiß ein Geograph denn das?

TANGER/MAROKKO. –
UNHEIMLICHE UNBEKANNTE?

Es folgen zwei Erfahrungsberichte von zwei Personen, die unterschiedliche – sagen wir einmal – „Vorkenntnisse" in Sachen Reisen mitbringen. Zu Beginn die etwas „ungeübteren" Reisenden, die mit jedem Schritt aus der eigenen Haustüre praktisch Neuland entdecken. Danach folgen – etwas kürzer gefasst - die Reise-„Profis", denen sich nicht mehr viel Neues in der Welt zu erschließen scheint und die dennoch oder gerade deshalb vor Überraschungen nicht gefeit sind.

Lesen Sie, wie zeit- und inhaltsgleiche Tagesabläufe in einer fremden Stadt unterschiedlich empfunden und erlebt werden können. Viel Vergnügen bei einem „doppelten Streifzug durch Tanger".

Bericht des „Ich-reise-maximal-alle-zwei-Jahre-einmal-ins-Ausland-und-wohne-sonst-hinter-den-Bergen-in-einem-schmucken-Kleinstädtchen-wo-es-sehr-ruhig-ist"-Reisenden:

Tanger? Ein einmaliges Erlebnis! Es ist 9 Uhr. Höchste Zeit, dass wir das Schiff verlassen und endlich an Land gehen. Ich will Tanger sehen! Ich will nichts verpassen! Schnell, schnell… Hab ich alles mit? AllwetterJacke (es könnte kühl werden), Hut (wenn´s windig wird), Ausweis (muss man im Ausland immer mithaben – nein, eigentlich auch im Inland!), Handtasche mit Taschentüchern (falls man auf Toilette muss und es mangelt an Papier), Desinfektiontüchern (gleicher Grund), Lippenpflegebalsam und Hautcreme (der Wind macht die

Haut so rau), Smartphone zum Fotografieren (sonst glaubt ja keiner, dass ich hier war!), Kabinenschlüssel, Info-Blatt vom Schiff (Anlegestelle, Kontaktadressen, Ablegezeiten), Geldtasche (Reise-Schecks, Kreditkarte, Bargeld in kleinen Scheinen und Münzen, ich will ja nicht irgendwo in Schwierigkeiten geraten), Sonnencreme (damit das Näschen nicht rot wird), 0.5-Liter-Flasche Mineralwasser ohne Kohlensäure (der Magen!), Schreibstifte (für Ansichtskarten. Sonst glaubt ja keiner, dass…), Telefonnummernliste (für Notfälle), Stadtplan/Reiseführer/Prospekte und Infomaterial des Reisebüros (damit ich auch weiß, was ich hier sehen werde…). Nähzeug (falls sich mal ein Knopf von der Bluse trennen sollte), Blasenpflaster, Verbandsmaterial (für kleinere Wunden). Müsliriegel (für den kleinen Hunger zwischendurch), Bonbons (gegen den trockenen Mund), Sonnenbrille, Lesebrille (jaja, das Alter!). Extra-Tasche (faltbar) für eventuelle Einkäufe/Souvenirs, Wörterbuch (Ausgabe: „deutsch-arabisch in Lautschrift"), ein kleines Heftchen, falls man sich etwas notieren muss, die Tickets für den Rückflug (- die kann ich doch nicht in der Kabine lassen – was ist, wenn sie gestohlen werden?), Minitaschenrechner, der automatisch die Landeswährung in Euro umrechnet (- ich lass mich doch nicht über's Ohr hauen!). So, das dürfte wohl das Nötigste sein. Jetzt noch schnell die wetterfesten, bequemen Schuhe anziehen… Halt! Den Regenschirm nicht vergessen. Es kann immer wieder schnell zu Wetterumschwüngen kommen. In Tanger? Auch in Tanger! Steht in der letzten Reiseausschreibung: Nieeeee vergessen: gutes Schuhwerk und Regenschutz! Mittlerweile ist es fast 10 Uhr, also nichts wie los! Runter von dem Dampfer. Tanger, ich komme! Nein, doch nicht. Göttergatte ist noch auf der Toilette. Los, beeile dich – wir sind nicht ewig hier. Um 14 Uhr fahren wir schon wieder weiter.

--- Endlich. Wir haben tanger'schen Boden unter den Füßen. Herrlich. Es ist halt doch etwas ganz Anderes, wenn man plötzlich mitten in Afrika ist… Huch, was will der Herr?

„Sprechen Sie Deutsch? Brauchen Sie Fremdenführer? Fahren wir mit Taxi. Zuerst zu Punkt wo ist schönste Aussicht auf Mittelmeer und Atlantisches Ozean, machen wir Kamelreiten, fahren wir zu Königspalast, fahren durch Botschaftsviertel. Sehen wir altes und neues Tanger. Schönes Fotomotiv auf Stadt. Dann gehen wir durch Medina, Bazar, großes Markt, Kasbah. Sehen Sie alles. Dann zurück zu Schiff. Kommen Sie. Nur 70 Euro!"

70 Euro? Für uns beide? Für 35 Euro p.P. eine Stadtrundfahrt inklusive persönlichem Führer? Der auch noch ausgezeichnet Deutsch spricht? Und zudem noch so eine hübsche Landestracht, diese langen Umhänge, trägt? Ich überlege nicht lange. Mein Mann sitzt sowieso schon im Taxi, da sind wir wohl einer Meinung. In Tanger ist es erst 8 Uhr, es gibt zwei Stunden Zeitverschiebung zu der Zeit an Bord unseres Kreuzfahrtdampfers, der MS Krawall, wie wir soeben erfahren. Macht nichts. Gut, dass wir dieses Schnäppchen hier angeboten bekommen haben. Da ist man doch richtig dumm, wenn man eine organisierte Gruppenfahrt um 40 Euro pro Person bucht. Das alles ist hier sicherlich viel individueller, mit Mehmed, unserem Begleiter, in seiner – wie heißt der Umhang? – Dschellaba. Ich hatte ja befürchtet, dass man in Afrika noch mit Eselskarren unterwegs ist, aber unser Taxi hier ist recht passabel. Natürlich ohne Klimaanlage, aber man kann ja das Fenster aufmachen. Wir fahren vom Hafen über eine Straße durch die Stadt (Mehmed deutet mit einer Handbewegung vage in Richtung Stadtmauer: „Werden wir alles sehen. Aber später. Jetzt noch nicht offen. Später wir kommen hier. Jetzt wir fahren zu Stelle wo ist Atlantisches

Ozean und Mittelmeer.") auf einen kleinen Hügel. „Das Altstadt von Tanger. Dort neue Stadt. Wollen Foto?" Wir nicken heftig. „Tschchjchahjch!" (oder so ähnlich, ich höre etwas schlecht) – Mehmed bittet unseren Fahrer, stehen zu bleiben. Wir steigen aus und fotografieren, was das Zeug hält. Es ist eine wunderschöne Aussicht über Alt- und Neu-Tanger, dahinter – leider etwas im morgendlichen Dunst – das Meer. Irgendwo weit hinten der Hafen, unser Schiff... Wir fahren weiter, vorbei an einer eleganten Wohngegend mit imposanten Bauten: das Botschaftsviertel. Vor einem Haus steht eine lange Schlange von Menschen. Das sind Marokkaner, die hier ihren Ausreiseantrag stellen wollen, weil sie nach Spanien möchten. Interessant, interessant. Hier braucht man also offenbar ein Visum für die Ausreise nach Spanien. Da hat man es doch schön, wenn man so ein privilegierter Europäer ist. Man sagt einfach: Hallo, jetzt bin ich da - und reist ein.

So, jetzt waren wir auch schon weitergefahren, durch eine schöne Gegend mit einigen Eukalyptus-Sträuchern und vorbei am Sommersitz des marokkanischen Königs und auch an einer der Sommer-Residenzen der Saudi Arabischen Königsfamilie. Prachtvoll, alleine das streng bewachte Portal, reich verziert mit arabischen Ornamenten. Auf der Kuppe eines Hügels blieben wir dann erneut am Straßenrand stehen. Hier hätte man den schönsten Blick auf den Atlantik-Strand. Unser Goldgriff Mehmed wies auf die hohen Wellen des Meeres hin: „Kalt. Viel Wind. In Sommer warm." Interessant, interessant. Wir fuhren weiter zu einem Leuchtturm, der Grenze zwischen Mittelmeer im Osten und dem Atlantik im Westen. Beeindruckend, wie sich hier zwei riesige Wassermassen in der Straße von Gibraltar vereinen. Wir machten ein paar Fotos und Mehmed erbot sich, uns vor dem Leuchtturm zu fotografieren. Dann ging es weiter zum Kamelreiten. Gratis, wie unser Fremdenführer betonte. Er sagte, wir fahren zu einem Bekannten von ihm, der Kamele züchtet. Also eigentlich nicht sehr touristisch, aber das ist es ja, was wir sehen wollten: das wirkliche Marokko. Bei einem kleinen Haus angekommen, wartete schon Ali mit drei Kamelen auf uns. Die zwei Kameldamen und ein ganz junges Kamel waren sehr zutraulich und Ali fragte uns, ob wir eine Runde reiten möchten. Natürlich! Wo sonst hat man die Gelegenheit, auf einem Wüstenschiff zu reiten? Ich setzte mich auf eines der großen Kamele und schaukelnd richtete es sich auf. Ali führte uns zwei Runden im Kreis, während mein Göttergatte vom sicheren Erdboden aus ein Foto nach dem anderen geschossen hat. Sonst glaubt uns das daheim ja niemand! Wenn ich das zuhause Anneliese und Gisela erzähle..!

Obwohl Ali versicherte, dass er nichts für das Kamelreiten verlangte, meinte Mehmed, wir sollten ihm fünf oder zehn Euro für das Futter der Kamel geben, das würde ihn freuen. Diese Freude haben wir ihm gerne gemacht. Zehn Euro war der Spaß, gratis als Tourist auf einem Kamel reiten zu dürfen, auf jeden Fall wert.

Wir fuhren wieder zurück in die Stadt, wo wir unweit der Moschee das Taxi verließen und zu Fuß weitergingen. Mehmed sah mehrmals auf die Uhr, damit wir ja die Zeit gut nützen könnten. Es war ja noch sehr früh und wir hatten offenbar noch viel zu erleben, zu besichtigen zu besuchen. Unser lieber Guide führte uns zuerst zu einer Terrasse eines Restaurants, von der man einen schönen Ausblick über den Eingang zur Altstadt („Hier schönes Tor, wollen Foto?") hatte. Eine Zigarettenlänge (Mehmed war Raucher) später gingen wir dann in die Medina, die Altstadt bzw. zur Kasbah, zur Stadtmauer. Mehmed führte uns zuallererst auf den Markt und wir gingen vorbei an zahlreichen Fisch- und Hühnerständen, sahen viele Gewürzhändler, Obstgeschäfte und Läden mit typischen Artikeln aus der Region (kleine Trommeln und Pfeifen, Kupferwaren, Ledertaschen, Silberschmuck etc. Bei uns bekommt man diese Dinge ja höchstens auf einschlägigen Marktveranstaltungen, und dann wahrscheinlich nur billige Fälschungen, aber hier – ein Paradies!). Mehmed führte uns dann in eine Teppichknüpferei, wo uns der Chef (- ein Freund von ihm) persönlich einiges über die Knüpftechniken (Knoten/m²), über die Muster (Berber etc.) und die verwendeten Materialien erklärte und uns viele Teppiche vorlegen ließ und uns zudem noch ein Gläschen köstlichen Pfefferminztee angeboten hat. Ich kaufte schließlich einen kleinen Läufer aus einer Mischung aus Baumwolle und Seide, 30x60cm, mit einem floralen Motiv als Geschenk für meine Schwiegertochter. Irgendwo im Gewirr der Altstadt kauften wir Ansichtskarten und Briefmarken. Wir hatten schon befürchtet, dass wir dazu keine Möglichkeit haben würden... Ja, wer nicht weiß, was Ansichtskarten sind, der möge bitte im Internet recherchieren. Für Menschen unter 50 gibt es da bestimmt einschlägige Erklärvideos.)

Dann ging es weiter zum Apotheker. Auch mit ihm war unser Fremdenführer offenbar gut befreundet, auch ihn hat er umarmt und auch der Apotheker hat ihm ein bisschen Kleingeld zugesteckt. Das macht man offenbar hier unter Männern so. Wohl statt einer Einladung zum Bier?

Auch in diesem pharmazeutischen Fachhandel fand Mehmed jemanden, der uns in deutscher Sprache die Pflanzen und Produkte vorgestellt hat. Ich kaufte zwei Packungen Pfefferminze, schließlich will ich auch zuhause in Zukunft öfters einmal den aromatischen Tee trinken. Dann nahm ich noch drei Fläschchen Rosenöl mit und einen Tiegel Haargel für meinen pubertierenden Enkelsohn. Außerdem kaufte ich etwas Safran, den man hier nicht in Fäden, sondern pulverisiert bekommt (es ist ein rotes Pulver, das sich erst durch Beimengung von Flüssigkeit in das „Safrangelb" verwandelt) und ein paar Päckchen Kreuzkümmel und eine Flasche Sesamöl. Kann man immer gut gebrauchen. Gut, dass ich meine Ersatz-Einkaufstasche mithatte. Wieder bekamen wir einen Pfefferminztee angeboten. Während wir auch diesen genussvoll zu uns nahmen, schrieben wir unsere Ansichtskarten. Mehmed erbot sich, diese für uns in einen Briefkasten zu werfen. Nett, wirklich. So sind sie halt, die Südländer.

Als Reiseproviant für die nächsten Tage kauften wir uns unterwegs noch ein paar Datteln, Feigen und getrocknete und gesalzene Kichererbsen. Wir haben da vielleicht das eine oder andere Päckchen zu viel gekauft, aber diese Leckereien verderben ja nicht. Und zuhause freuen sich die Kinder bestimmt auch über ein paar gesunde Naschereien.

Schließlich führte und unser einheimischer Führer zu einem weiteren Freund von ihm, der uns einen Ausblick von seiner Dachterrasse gestattete. Sehr beeindruckend, der Ausblick über die verwinkelte Dachlandschaft der Altstadt. Der Besitzer des Hauses war zufälligerweise Schmuckhändler und Silberziseleur. In zahlreichen Vitrinen stellte er seine Schmuckstücke aus. Für unsere Töchter kauften wir zwei hübsche Halsketten mit bunten Steinen, für die drei Enkelinnen jeweils ein silbernes Armband mit ihren Initialen. Und für meine Schwiegereltern nahmen wir noch eine ziselierte Silberschüssel mit, die wir ihnen zu Weihnachten – gefüllt mit selbstgebackenen Keksen – schenken werden. Ich konnte meinen Mann dann auch noch überreden, dass auch wir uns eine Kleinigkeit ins Wohnzimmer stellen könnten. Wir waren ohnehin schon lange auf der Suche nach einer großen Obstschale. Gut, dass ich auch eine zweite große Einkaufstasche eingepackt hatte.

Mehmed führte uns weiter durch die Gassen, immer besorgt auf die Uhr blickend, damit wir die Zeit wohl nicht übersehen. Er hatte wohl Angst, dass wir die Abfahrt unseres Schiffes versäumen könnten. Sehr aufmerksam von ihm, wirklich.
Wenig später überraschte uns Mehmed, als er uns durch die verwinkelte Altstadt zielsicher zu einem Lederwarengeschäft führte. Auf drei Etagen konnte man hier bei einem entfernten Verwandten von ihm wunderschöne Lederprodukte erwerben. Mein Mann kaufte sich eine hellbraune Geldbörse. Ich liebäugelte mit einer modernen Handtasche, die mir mein Göttergatte dann doch tatsächlich zu meinem bevorstehenden Geburtstag gekauft, also geschenkt hat.
Blick auf die Uhr – und weiter ging´s.
Auf dem Weg zu einer schönen Aussichtsterrasse konnte ich nicht widerstehen und kaufte mir eine Bongo-Trommel als Souvenir und einen Lederhocker, Sie wissen schon, diese runden Lederballen, die man zuhause selbst mit Füllmaterial in Form bringt und die als wunderbarer Blickfang in jedem Haus dienen und gut zum Sitzen oder als Fußschemel sind. Von der Terrasse aus hatte man einen schönen Blick auf den Hafen. Weit draußen erkannte ich unser Schiff. Gerne wären wir noch länger in der Stadt geblieben, doch Mehmet meinte, wir müssen jetzt langsam zurück zum Schiff. Wir verließen die Altstadt und Mehmet brachte uns mit einem Taxi bis zum Schiffsterminal. Gottseidank war der Wagen recht geräumig und wir konnten doch tatsächlich alle unsere Einkäufe im Kofferraum verstauen. Den Hocker nach mein Mann auf den Schoss und die Obstschale sowie die Handtasche gab ich ja ohnehin nicht aus der Hand.
Mein Mann gab dem großartigen die verabredeten 70 Euro plus fünf Euro Trinkgeld für diesen erlebnisreichen Vormittag. Fünf Euro! Bedenken Sie, das waren einmal 10 Mark oder 70

Schilling und dieses Trinkgeld war unser Fremdenführer auf jeden Fall wert!!

Mehmed drückte uns dankbar die Hand und verabschiedete sich. Mit zahlreichen Souvenirs, vielen Fotos aber vor allem vielen neuen Eindrücken haben wir die Stadt verlassen und sind wieder an Bord gegangen. Ach, so schön!

Ich gestehe: vor der Reise hatte ich mir Tanger als Piratenstadt, Rauschgifthöhle, Umschlagplatz für Schmuggelware vorgestellt – es war eine unheimliche Unbekannte. Jetzt aber, nach dieser großartigen Führung von Mehmet wurde es zu einer heimlichen Bekannten, die ich gerne wieder einmal besuchen möchte. Ein einzigartiger Halbtagesausflug war zu Ende gegangen.

Das selbe Programm, ebenso wieder ein Fremdenführer, die selbe Stadt. Aber: andere Gäste, nämlich zwei vom Typ = „Ich-war-schon-überall-und-kenne-alles-und-mir-kann-sowieso-keiner-mehr-etwas-Neues-erzählen"

Tanger? Nix Neues!

09:00 Uhr: viel zu früh, um das Schiff zu verlassen. In Tanger ist es doch ohnehin erst 07:00 Uhr.

Also noch eine Runde schlafen. Schnarch.

09.50 Uhr: Ach Gott, bevor man noch ewig hier im Bett herumliegt, könnte man doch auch an Land herumspazieren. Also: Aufstehen!

Kurzer Check und Frage an meinen Reisekumpel: „Kabinenschlüssel und Geld hast du?" --- Antwort: „Jep."

„Okay, Sonnenbrille habe ich, Geld hab ich eingesteckt. Also gehen wir!" Um ca. 10:00 Uhr (08:00 Uhr Ortszeit, wie man bereits weiß) verlassen wir das Schiff.

Los geht's: Auf in den Kampf der Teppichhändler, Kupferstecher, Gewürzkrämer und Gerber… - man kennt das ja aus Ägypten, Tunesien, der Türkei, aus Spanien und auch schon aus Marokko… Trotzdem: Runter vom Schiff.

„Sprechen Sie Deutsch? Brauchen Sie Fremdenführer? Fahren wir mit Taxi. Zuerst zu Punkt, wo ist schönste Aussicht auf Mittelmeer und Atlantisches Ozean, machen wir Kamelreiten, fahren wir zu Königspalast, fahren durch Botschaftsviertel. Sehen wir altes und neues Tanger. Schönes Fotomotiv auf Stadt. Dann gehen wir durch Medina, Bazar, großes Markt, Kasbah. Sehen Sie alles. Dann zurück zu Schiff. Kommen Sie. Nur 70 Euro!"

70 Euro? Für drei Stunden islamisches Altstadtlabyrinth? Nö, vielen Dank! Mit einem „I brauch das net!" [„Ich möchte das nicht."] schüttelt Toni alle herandrängelnden Herren in ihren nachthemdartigen Übermäntelchen ab. 500m weiter, am Eingang des Terminals werden wir erneut angesprochen: „Sprechen Sie Deutsch? Brauchen Sie Fremdenführer?" Und so weiter… Bekannter Text… „Kommen Sie… Nur 40 Euro." Hmm? 40 Euro? Wir schauen uns an: „I brauch das doch!" [„Ich möchte das doch!"]. Wir sind uns einig: Für 40 Euro riskieren wir es und sitzen auch schon mit Achmed, unserem Führer, in einem uralten Taxi. Und los geht die Fahrt. Es ist furchtbar stickig im Taxi und wenn man das Fenster öffnen wollte, müsste man den Fahrer um „die Kurbel" bitten. Es gibt in Marokko nämlich pro Taxi maximal eine Kurbel, die man in den entsprechenden „Zapfen" an der Türe stecken und mit der man die Fenster hoch- oder herunterkurbeln kann. Gute alte Handarbeit halt…

Weil um diese Zeit natürlich hier im Süden noch alles schläft, will uns Achmed zuerst den Atlantik zeigen. Hm, toll. Den haben wir ja noch niiiiiiiiiiiiiieeeeeee gesehen. Aber was soll's. Irgendwie muss man sich ja die Zeit vertreiben.

Plötzlich fahren wir rechts ran, Achmed sagt: „Foto!" und wir sollen/müssen/dürfen aussteigen, weil „ist schönste Blick auf altes Tanger". O.k., damit der gute Mann nicht desillusioniert von seinem „schönsten Anblick" wird, machen wir brav ein Foto von der Ansammlung baufälliger Häuser weiter unten am Hügel. Wir fahren weiter und begeistert deutet Achmed mal rechts, mal links: deutsche Schule, britisches Konsulat, spanische Botschaft - mit einer Masse Menschen davor, die nach Europa und hier ihre Ausreise beantragen wollen. Prinzipiell brauchen auch wir Österreicher ein Einreisevisum für Marokko (unbürokratisch um ein paar Euro), aber bei Kreuzfahrten ist das noch einmal anders, noch einmal einfacher, geregelt und man bekommt insgesamt von Einreiseformalitäten gar nichts mit. Man benötigt nicht einmal einen Reisepass, wenn man von Bord geht. Auch ein Zugeständnis von Marokko an die EU, mit der viele Afrika-Staaten ja anzubandeln versuchen. Dann geht's vorbei an der Sommerresidenz vom marokkanischen und auch vom saudi-arabischen König. Sa-gen-haft, außer den üblichen prunkvollen Einfahrten kann man eh nix sehen. Und die Wachen davor waren auch net besonders hübsch. Von Innen möchte ich's mal sehen, die Paläste… Vielleicht kommt ja doch einmal eine persönliche Einladung. Sorry, kurzer Tagtraum!

Nächster Stop: „Hier schön. Foto. Strand von Atlantik." --- Aha. So sieht er also in Marokko aus, der Atlantik. Groß-ar-tig. Ich hatte ihn ja von Agadir gaaaaaanz anders in Erinnerung… Weiter ging es - zu der Stelle, wo sich Mittelmeer und Atlantischer Ozean treffen. Praktischerweise stand hier ein Leuchtturm, damit man die Grenze fotographisch festhalten konnte. Wasser trifft Wasser. Einzigartig. Das muss man gesehen haben. Dafür lohnt sich die 30-minütige Fahrt von der Stadt hierher eindeutig. Achmed bot sich an, ein Foto von uns zu machen. Wie sich zuhause herausstellen sollte, haben wir zwei Hübschen am Foto den Leuchtturm total verdeckt und stehen somit verlassen in beliebiger Gegend herum – auch kein Foto für die Ewigkeit, das man noch seinen Enkeln unter die Nase hält: „Weißt du, damals in Tanger…" Ach, Achmed! Du Meisterfotograf!

Achmed wollte nun zum Kamelreiten. Wir nicht. Das hatten wir schon in Ägypten, Tunesien, der Türkei etc. etc.

Gut, Achmed akzeptierte – war aber etwas irritiert und blickte angstvoll auf die Uhr: „ Oh mein All…! Noch so früh?" Auf der Rückfahrt in die Stadt wies unser Fremdenführer den Taxifahrer an, betont langsam zu fahren, damit wir die schöne Einöde ausgiebig bestaunen können. Schau: Ein Haus. Und dort: Ein Baum. Da vorne: noch ein Baum. Ich hätte noch stundenlang so weiterfahren können… Aber in der Stadt ging es zu Fuß weiter. Achmed setzte uns in einem kleinen Cafe aus. „Schöner Blick zu Altstadt" sagte er und verschwand. Gut, wir blickten also brav und vor allem schön zur Altstadt. Und blickten… und blickten… und blickten… bis Achmed sein Zigarettchen fertig geraucht, seinen Tee geschlürft hatte oder auf der Toilette war. Keine Ahnung, wo er sich herumgetrieben hatte. Der Zeit nach hatte er alle drei Angelegenheiten ausgiebigst hintereinander erledigt. Mehrfach.

Frisch gestärkt (er zumindest) führte er uns dann zur Markthalle. Ich mag Fisch, ich mag Hühnchen, aber bitte gebraten oder gedünstet auf meinem Teller. Nicht roh auf Tisch oder Boden liegend, mit angstvoll erstarrten Augen, blutend in den letzten Zuckungen liegend. „Frisch Fische. Sehr gut. Du haben Foto?" - Augen zu und durch!

„Trara!" Was haben wir gesagt: eine Teppichknüpferei! Schwupp, schon hatten wir Pfefferminztee in der Hand und ein „smarter Marokkaner" erzählte uns den üblichen Schmus von Knotendichte, Kett- und Schussfäden, Wolle und Seide und so weiter. „Danke, wissen wir alles längst!" – Der smarte Kerl war bald nicht mehr so smart, weil er sah, dass bei uns kein Geschäft zu erwarten war. Der Tee schmeckte übrigens schauderbar. Aber seit ich vor 5 Jahren schon einmal in Marokko war und gesehen habe, wie hier dieser Tee gekocht wird („Eine Handvoll Pfefferminze neben der Straße „ernten"/heißes Wasser drüber/servieren") sehe ich in jedem Teeglas ohnehin nur Läuse und anderes Ungeziefer tot herumtreiben… Ist aber mein Problem, nicht das der Läuse, nicht das der Teetrinker und schon gar nicht derer in Marokko.

Dann ging's weiter im obligaten Touri-Programm zur Apotheke. Beeindruckend, welche Allheilmittel man hier kaufen kann. Weltweit einzigartig, nur hier. Versprochen! Übrigens auch die Pfefferminz-Stauden für den Tee werden hier teuer verkauft. Aber zugegeben: Eine Eigenschaft haben all diese Salben, Mixturen, Tinkturen dort: Entweder sind sie wirkungslos – oder sie rufen allergische Reaktionen hervor. Bei uns wird alles getestet auf Verträglichkeit, Zusatz-Stoffe, Bio etc. – und hier kaufen die Urlauber von einem beliebigen Giftmischer die wildesten Wässerchen etc. und verwenden diese dann auch noch bedenkenlos. Getreu dem Motto: Was teuer ist und klein abgepackt und von einem einheimischen Wunderheiler oder seinen Angestellten oder auch von dem versierten Stadtführer sooooo angepriesen wird, kann nur gut sein! Von einem Marokkourlaub kann man sich aber wirklich etwas Anderes mitbringen, als einen juckenden roten Ausschlag… Oder? Tja, jeder, wie er oder sie mag!
Achmed führte uns weiter ins nächste Haus, wo uns jemand auf die Dachterrasse führte für den „schönste Blick auf Stadt". Wieder einmal. Es soll jetzt nicht undankbar klingen, aber den Weg hätten wir uns sparen können. Marode Dächer, rostige

Antennen, zahlreiche Satellitenschüsseln, dreckige Hinterhöfe und vom Haus gegenüber bellt uns böse ein Hund an… Das Schöne am Blick hat sich uns leider nicht erschlossen. Vielleicht liegt die Schönheit im Detail? Besser nicht genauer hinschauen, glauben Sie mir! Andere Länder, andere Schmerzgrenzen, was z.B. Straßenreinigung betrifft. Aber, und das sei wichtiger Weise angemerkt: auch andere Möglichkeiten und Voraussetzungen der Reinigung.

Weiter ging's auf der Butterfahrt mit Silberschmuck. Auch hier war das Interesse unsererseits endenwollend. Tonis obligates „I brauch das net" und schon waren wir wieder draußen. Der Goldbasar in Dubai hatte uns noch begeistert, diese Berber-Ketten und groben Schmuckstücke entlockten uns jedoch nicht das geringste Interesse. Ist einfach nicht unser Geschmack, sorry. Toni ist ja generell keiner, der einen mit Schmuck oder „juwelierenden" Aufmerksamkeiten überhäuft, aber ich gestehe, aus diesem Laden hätte ich ausnahmsweise gar nichts geschenkt bekommen wollen…

Achmed blickte immer wieder verzweifelt auf die Uhr. Seine Gedanken standen ihm auf der verzweifelten Stirn: „Warum kaufen die beiden nichts? So vergeht keine Zeit. Was soll ich noch mit ihnen machen?" – Irgendwie tat er mir leid.

Was fehlte noch in der Produktpalette? Richtig, wie wir es prophezeit hatten: Leder. Dickes, starres, raues Ziegenleder in allen möglichen Farben und Formen. Wenn man das Zeugs angriff, hatte man das Gefühl, es könnte auch einmal der Panzer von einem Rhinozeros gewesen Von irgendwoher hörte ich Tonis: „I brauch das net! Wirklich…!" Es klang irgendwie müde… Verzweifelt langsamen Schrittes (es war kurz vor 12:00 Uhr) näherte sich Achmed einer weiteren „Schönes Blick von hier"-Terrasse. Ja, danke. Schön. Sicht auf den Containerhafen. Fabelhaft. Diese Lastwägen. Dieses Altmetall. Dieser Schrott. Foto! Gelobt und gepriesen seien die

Smartphones, die binnen Bruchteilen von Sekunden diese Erinnerungen aus dem digitalen Gedächtnis löschen können. Wir erlösten Achmed, indem wir ihm mitteilten, dass wir gerne zum Schiff fahren würden. Mit einem Stoßseufzer zum Himmel und sichtlich erleichtert und erfreut setzte uns Achmed ins Taxi und fuhr mit uns zum Hafen. Wir drückten ihm einen Fünfziger in die Hand. Und noch einen Zehner obendrauf: „Für ein paar Pfefferminz-Tees!", wie wir ihm augenzwinkernd mitteilten. Für seine nette Art – nicht dafür, dass wir so überwältigt vom Gesehenen waren. Gut investierte Euro für zwei Stunden Autofahren und ein bisserl durch die Stadt spazieren: „Schönes Blick. Foto! Teppiche: kaufen! Gehen wir zu Silberschmuck. Nur gucken! Foto! Achmed guter Führer!" – Is a net schlecht, oder? Was haben wir gesehen? Wasser, das auf Wasser trifft und einen Bazar, wie wir schon ihn schon in zig anderen Städten gesehen haben. Bleibende Eindrücke? Leider nein! Was dazugelernt? Ja: „Saha!" (sprich: sa-cha) heißt „Prost!" und dabei ist das ganz egal, ob man sich mit Tee oder anderen Getränken zuprostet. Ach ja: halt! Stopp. Etwas haben wir doch gekauft: Datteln. Frischer geht's ja wohl kaum. Gestern praktisch noch an der marokkanischen Palme gehangen, heute schon am Bazar in Tanger-City. Für meine Dattel-Freunde zuhause musste ich unbedingt ein Päckchen dieser einheimischen Spezialität mitnehmen. Habe ich versprochen. Man will ja schließlich was „Made in Marocco" mitbringen; nicht etwas, das man an jeder Ecke kaufen kann.

Was soll ich sagen? Die Datteln waren – wie ich etwas später dem Etikett entnommen hatte – eine Importware aus den Vereinigten Arabischen Emiraten, abgepackt in Tunesien.

Es lebe die Globalisierung!

Es ist 11.54 Uhr. Der Magen knurrt. Wir verlassen unsere Kabine und gehen - nein, nicht zum Aufzug. Da es statistisch erwiesen ist, dass der durchschnittliche Kreuzfahrtreisende in einer Woche aufgrund der großartigen Küche und des tollen Speiseangebotes an Bord zumindest zwei bis drei, meist sogar noch mehr Kilogramm zulegt, entscheiden wir uns (solange wir noch körperlich dazu imstande sind), die Treppe zu nehmen.

Die Seeluft scheint mir nicht zu bekommen, denn an der Treppe höre ich plötzlich eine Stimme. Ich kenne diese Stimme. Aber woher? Die Stimme wird lauter:

"Gemurmel dröhnt drohend wie Trommelklang / gleich stürzt eine ganze Armee / die Treppe herauf und die Flure entlang".

Einfach ignorieren, es wird schon nichts Schlimmes sein. Nicht hinhören. Durch die Lounge gehen wir nach hinten. Oh pardon, "hinten" gibt es bei einem Schiff ja nicht. Wir gehen also richtigerweise Richtung Heck. Irgendwo am offenen Lido-Deck soll das Mittagsbüffet hergerichtet sein. Wir gehen durch die Bar, öffnen die Türe nach draußen und plötzlich höre ich wieder, diesmal noch lauter, die Stimme:

"…die Treppe herauf und die Flure entlang / dort steht das kalte Büffet".

Ja richtig, woher weiß meine Stimme das?
Egal.
Ich habe jetzt Wichtigeres zu tun: Essen!

Das Zweitwichtigste während einer Kreuzfahrt. Was das Wichtigste ist? Nun ja, das hängt ganz von Ihnen und Ihrer Begleitung ab... Eventuell Shuffleboard oder Bingo spielen?
Aber zurück zum Essen! Hier ist es also, das Buffet.
Zuerst einmal kurz einen Überblick verschaffen:
Wo fängt es an?
Wo sind die Teller?
Was gibt es überhaupt?
Wie viel gibt es?
Mag ich es?
Wo ist das Dessert?
Gibt es noch mehr Dessert?
Ob da noch Desserts nachgereicht werden?
Lassen uns die anderen etwas vom Dessert übrig?
Soll ich mich nur auf die Desserts stürzen…?

Fragen über Fragen, die auf mich hungrige Seefahrerin hereinbrechen. Ich gestehe, mein Hunger konzentriert sich seit jeher schwerpunktmäßig eher auf Desserts. Trotzdem behalte ich das gesamte Buffet im Auge, klar.
Ich habe allerdings den Fehler gemacht und bin zum Zwecke der Überlegung stehen geblieben. Oder wollte es. Von hinten wurde ich von einer Horde hungriger Franzosen regelrecht überrollt und zur Seite gedrängt. Mit letzter Kraft konnte ich mich an der Reling festhalten. Ich versuchte, gegen den Franzosenstrom anzukämpfen, sah aber bald, dass meine Kräfte dazu nicht ausreichten. Irgendwie schaffte ich es aber immerhin, mich vom Sog der Masse in Richtung Besteck-Ausgabe treiben zu lassen. Im Vorbeigeschobenwerden raffte ich in aller Hast eine Handvoll Besteck an mich. Ich wusste, hierher würde ich durch diese Massen nie wieder zurückkehren können. Durch meine sportliche Konstitution schaffte ich es immerhin, jemandem aus der von rechts

herandrängenden Italienergruppe ein Tablett zu entreißen. "SCUSI! EIN NOTFALL! CAPITO?" - Gut, dass ich einen Volkshochschulkurs "Italienisch für Fortgeschrittene" besucht habe. Sapperlott! Jetzt wollte mir doch glatt einer der Franzosen eines meiner zahlreichen gierig gerafften Dessertgäbelchen entwenden. "NO! MONSIEUR!" Ich klopfte ihm mit einer Gabel auf die diebischen Finger. "DAS SIND MEINE! WERFEN SIE SICH DOCH SELBST IN DEN KAMPF". Ei! Schon war ich an den Servietten vorbei geschoben worden, ohne eine ergreifen zu können. Chance vertan. Gut, dann wird eben nicht gekleckert, so einfach ist das. So, einmal überlegen. Soll ich eine Suppe? Oder eher Salat? Von hinten spürte ich schon die Ellbogen eines französischen Hungerleiders zwischen meinen Rippen. Da ich darauf nicht reagierte, drückte er mir sein Tablett zwischen den 3. und 4. Lendenwirbel. Ein Schmerz fuhr mir durchs Rückgrad und wieder hörte ich die Stimme:

> *"Zunächst regiert noch die Hinterlist / doch bald schon brutale Gewalt / da spießt man, was aufzuspießen ist / die Faust um die Gabel geballt. / Mit feurigem Blick und mit Schaum vor dem Mund / kämpft jeder für sich allein..."*

Aufgrund der rohen Behandlung durch meinen Hintermann machte ich unfreiwillig einen großen Schritt vorwärts, musste somit Suppen und Salate links liegenlassen und schnappte mir schnell etwas von einer grünen Pampe in einer großen Schüssel. Rasch auf den Teller und weiter. Noch etwas von dem gelblichen Zeugs. Blick nach hinten: Wo ist denn der Fraaaaaaaaaaaaaaan?-Hu! Ich blickte ihm geradewegs in die Augen, als ich mich umdrehte. "Weitergehen!" befahl dieser Blick. Ich tat, als hätte ich nichts bemerkt und wollte mich genüsslich den Hauptspeisen widmen. Fisch, Huhn oder was mag das am Ende der Tischreihe wohl sein? Keine Ahnung, ich werde es nie mehr in Erfahrung bringen, denn während ich noch überlegt habe, wurde ich von einer Meute Italiener "aufgelaufen" und zum Ende des Büffets geschoben. Ein Koch hinter einer Grillplatte versuchte noch verzweifelt, mir ein Stück Kohle auf meinen Teller zu werfen (oder war es ein Kotelett?), doch ein sportlich dazwischenhechtender Spanier schnappte es mir im Sprung weg.

Apropos weg. Nichts wie weg von hier, dachte ich. - Aber wohin?

Die Masse Italiener schliff mich mit auf die andere Seite des Schiffes. Nach Backbord. Aufgrund meiner robusten Verfassung gelang es mir, zwar mühsam, aber doch, aus dieser Masse auszubrechen. So schnell es meine verbleibenden Kräfte zuließen, sprintete ich quer über das Deck, hechtete über zwei kleine Tische, rannte einen Kellner nieder (- was muss der auch so blöde im Essbereich herumlaufen, hat der nichts zu arbeiten?) und ließ mich auf dem letzten freien Platz nieder. Ein Tisch, zwar klein, aber ganz für mich allein. Fein. Dass ein Zettelchen "frisch gestrichen" daran baumelte, übersah ich geflissentlich. Hier konnte ich also in aller Ruhe meiner Mahlzeit nachkommen. In aller Ruhe?

> *"...schiebt sich in seinen gefräßigen Schlund / was immer hineinpasst hinein"*

- Da war sie wieder. Die Stimme.

> *"Ein tosendes Schmatzen erfüllet den Raum. / Das rülpst und das grunzt und das quiekt / fast hört man des Kellners Hilferuf kaum / der machtlos am Boden liegt".*

Kellner? Am Boden? Ochgott-ochgott! Was habe ich getan?

Nein, ruhig bleiben, alles gut. Meine Stimme spielte mir wohl einen Streich. Genussvoll suchte ich mir aus meinem Besteckmix etwas Passendes, also Dessertgabel und ... äh... noch eine Dessertgabel, was anderes hatte ich nicht erwischt, wie ich nun bemerkte und wollte mir einen Überblick über mein Gericht am Teller verschaffen. Aber fehlte da nicht etwas? Nein, wohl nicht. Die grüne Pampe war da. Vielleicht einmal ein Brokkoli-Röschen, vielleicht auch ein zu Tode gekochter Mangold? Ich weiß es nicht, auch ein herzhaftes Dessertgäbelchen voll in meinen Mund gepackt konnte kein Licht ins Dunkel bringen, was ich hier vor mir hatte. Das gelbliche Zeugs entpuppte sich als irgendein Dressing, das wohl für den Salat gedacht war. Grünes Unbekanntes mit gelbem Dressing - eine gewagte Kombination. Gut, also das war wohl nichts mit diesem Mittagessen. Naja, man muss ja ohnehin auf die Linie schauen, gelle? Aber trotzdem, irgendwie wurde ich das Gefühl nicht los, dass irgendetwas - auch abseits des Tellers - fehlte...

Richtig! Plötzlich schoss es mir in den Kopf, ich war ja nicht alleine zum Essen gegangen. Mein Reisekumpel Toni war abgängig. Och herrje, wo mag er nur abgeblieben sein? Ich versuchte mir einen Überblick über die Situation am Buffet zu verschaffen, als ich wieder, ganz zaghaft diesmal, ein Stimmchen vernahm:

> *"Nur leises Verdauen dringt noch an das Ohr / das Schlachtfeld wird nach und nach still. / Aus den Trümmern sieht angstvoll ein Kellner hervor / der längst nicht mehr fliehen will."*

Kellner? Nein, dem geht es gut. Er steht schon wieder – anderen Gästen diesmal – im Wege herum. Ich lasse den Blick weiter im Raum schweifen und ich sehe sehr wohl jemanden, der fliehen will, nämlich Toni. Offensichtlich gezeichnet vom wilden Gerangel mit einer feurigen Spanierin konnte er immerhin ein Messer und eine Suppentasse in seinen Besitz bringen. Momentan versuchte er, etwas Rotes (Rüben, Himbeeren oder gar Blut?) in das Schüsselchen zu leeren, ehe ihm ein Amerikaner sein Tablett in den Rücken rammt. "Huhu!", ich machte winkend auch mich aufmerksam, klaute vom Nebentisch einen soeben frei gewordenen Sessel (Kinder sollen eben nicht während des Essens aufstehen und herumlaufen) und wartete gespannt, was Toni ergattert hatte. Hm… lecker. Tomatensuppe. Er mochte keine Tomatensuppe. Ich schon. "Danke, Tonilein. Dass du EXTRA FÜR MICH ein Süppchen mitgebracht hast..."

"Aber gerne, nur für dich!", antwortete er mir zuckersüß und schob mir die Suppe zu. "Aber schlürf nicht zu sehr, wenn du sie mit deinen Tortengäbelchen isst… oder möchtest du mein Messer?", fügte er süffisant hinzu.

Löffel? - Gab es irgendwo, hinten im Schlachtfeld, gleich links, dort, bei der französischen Armee...

Anton war ein Mann. Anton wollte es wissen. Anton wagte es. Anton zog in den Kampf. Er ging zum Besteckkorb, warf sich in die Schlacht und - mein Held! - kam mit einem winzigen Mokka-Löffelchen wieder zurück. Dankbar küsste ich meinen Buffetheimkehrer auf die Stirn. Mein tapferer Held, mein Kämpfer!

Im selben Moment hörte ich wieder diese Stimme:

> *"Bei der heißen Schlacht am kalten Büffet / da zählt der Mann noch als Mannnnnn!"*

Und plötzlich fiel es mir ein. Ich sprang auf und sang lautstark weiter, die um ein Dessertgäbelchen geballte Faust hoch erhoben:

> ***"Und Auge um Auge, Aspik um Gelee, hier zeigt sich, wer kämpfen kann. HURRRRA! Hier zeigt sich, wer kämpfen kann!"***

Reinhard Mey.
Klar.
SEIN Lied „Die heiße Schlacht am kalten Buffet" ging mir die ganze Zeit im Kopf herum!
Ein Streich des Unterbewusstseins?
Vielleicht.

Eine parapsychologische Warnung? Wohl kaum.
Reinhard-Mey-Fan? Klares Jein! Mal so, mal so!
Eines finde ich aber – auch jetzt, Jahre später - trotz allem merkwürdig: Woher wusste Herr Mey schon vor Jahren (das Lied ist alt, sehr alt), dass die Speisen am Lido-Deck-Buffet kalt sind? Vielleicht ist er auch schon mal mit der MS Krawall auf hoher See unterwegs gewesen?
Denn ja, *„hier zeigt sich, wer kämpfen kann!"*

ESSEN AN BORD

Was? Sie Essen Spaghetti mit Gabel UND LÖFFEL? - Ui.
Dann
1. sind Sie Deutsche(r)/Österreicher(in) und
2. schämen Sie sich!
Kein Italiener würde sich eines Löffels bedienen, um die Nudeln (und seien sie auch noch so widerspenstig) in den Mund zu manövrieren. Und auch hierzulande gehört es nicht zum guten Benimm, einen Löffel zu Hilfe zu nehmen. Das machen kleine Kinder, wenn's noch nicht so gut mit dem Nudelnaufwickeln funktioniert. Aber sobald man einigermaßen vernünftig mit dem Ess-Handwerkszeug hantieren kann, sollte man sich auf die Gabel beschränken.
Es ist nun mal so Sitte!
Und wer Manieren hat, soll sie auch zeigen und die Spaghetti nonchalant um die Gabel wickeln - OHNE LÖFFEL!

Sagen Sie jetzt nicht, dass Ihnen das alles völlig egal ist, weil sie die Nudeln ohnehin klein schneiden...! Tz-tz-tz!
Merke also: Spaghetti nur mit Gabel! Wieso ich das so betone? - Mehr dazu später.
Oder vergessen Sie's am besten gleich wieder.
Manieren sind heutzutage nicht mehr gefragt. Ich weiß nicht, aber ich komme mir z.B. beim Frühstück in Hotels etc. immer irgendwie „antiquiert", „dis-emanzipiert" (heißt das so, wenn man keine Emanze ist?) oder hoffnungslos „rücksichtsvoll" vor, wenn ich vom Buffet schon mit einer "Ladung Frühstück" zurück am Tisch bin und nicht gleich mit dem Essen los-starte, sondern mit der Frühstückerei noch auf meinen Liebsten oder mein Gegenüber (im besten Falle ist das ein und dieselbe Person) warte…?! Das hat nix mit vorsintflutlichem „Mn muss warten, bis der Herr des Hauses das Mahl eröffnet" zu tun, sondern ist für mich ganz selbstverständlich. Ich möchte MIT meinem Schatz (der übrigens meist noch stundenlang bei den Warmhalteboxen darüber brütet, ob er heute Spiegel- oder Rührei möchte) oder eben mit meinem Gegenüber gemeinsam am Tisch sitzen und frühstücken oder zu Mittag essen oder „nachtmahlen". Auch wenn das Essen „vom Buffet kommt". Aber mit dieser Auffassung bin ich ziemlich alleine, wenn ich mich gerade beim Frühstück oftmals umsehe: Von den meisten Gästen ist einer meist noch „auf Achse" (sprich: beim Buffet), während der andere schon munter drauflos-isst. Wenn der „Nachzügler" dann zum Tisch kommt, hat der andere schon aufgegessen und macht nun sich wiederum auf, um vom Buffet Nachschub zu holen. Essen in Schichten gewissermaßen. Einer sitzt immer bei Tisch, einer ist unterwegs… Wie bei brütenden Pinguinen: einer behütet das Ei, der andere zieht los auf Nahrungssuche…
Aber egal, was die Umgebung macht: Ich lass mich nicht davon abhalten, mit dem Frühstücken zu warten, bis auch

mein Gegenüber die letzten schwerwiegenden Entscheidungen am Buffet (Honig oder Marmelade? – Croissant oder Brioche oder beides?) getroffen hat und „startbereit" bei Tisch sitzt. Auch, wenn inzwischen der Toast abkühlt, auch, wenn das weiche Ei nur mehr halb-weich ist und auch, wenn der Kaffee inzwischen nur mehr bestenfalls als lauwarm zu bezeichnen ist. Das ist mir die Sache – nein! … das ist mir mein Liebster oder eben mein „Gegenüber" wert. Aber zurück zum Thema.

Oder zumindest fast zurück zum Thema: Welche Arten von Schiffen gibt es?

Mit und ohne Segel, mit Motor, große und kleine, flotte und langsame - nein, das meinte ich eigentlich nicht. Ich muss mich wohl genauer ausdrücken: Welche Arten von Kreuzfahrtschiffen gibt es?

Es gibt elegante Kreuzer, wo man auch tagsüber nur mit Rock und Bluse bzw. Sakko und Krawatte zwischen Bridge-Zimmer und Bibliothek herumwandeln muss (- und wenn man auf solchen Schiffen einen Steward auch nur um die Uhrzeit bittet, wird einem auf seinem Bordkonto gleich eine dreistellige Summe in Rechnung gestellt), es gibt Partyschiffe, auf denen man zwischen 20 und 25, Single, im Besitz einer gut arbeitenden Leber und in Kenntnis des genauen Textes von "Schatzi, schenk mir ein Foto", "Anton aus Tirol" und dem "Holzmichl" sein muss; es gibt gute Mittelklasse-Schiffe, auf denen alles Mittelklasse ist; es gibt "freestyle-Schiffe", auf denen es betont ungezwungen zugeht; es gibt die Club-Schiffe, auf denen sich alle duzen (müssen) und auf denen man sich schon als Dreißigjähriger wie ein Relikt aus dem vorletzten Jahrtausend vorkommt; tja und dann, dann gibt es noch: das Schiff, auf dem wir uns befanden - ein Schiff für sich.

Frage: Wie muss man sich auf diesem - speziellen - Schiff benehmen? Antwort: Gar nicht! - Nein, ganz so formlos geht es natürlich auch nicht. Ein paar Regeln sollte man, das Essen an Bord betreffend, schon beachten. Abends hat man ohnehin keine Wahl. Man wird beim Ein-Checken schon einem Tisch zugeteilt, an dem man die ganze Kreuzfahrt über zum Diner sitzen muss/kann/darf. Dabei gilt: Je besser die Kabinenkategorie, desto besser auch der Platz im Speisesaal. Also: Hat man eine Außenkabine in "höheren Lagen", kann man sich auch sicher sein, einen hellen (kleineren) Tisch am Fenster zu erhalten und nicht im wahrsten Sinne "aussichtslos" in der Mitte des Speisesaales einen Tisch mit weiteren zehn bis fünfzehn Personen teilen zu müssen. Auch unter den Stewards gilt die Regel, dass Anfänger in der Mitte die Tische unter ihrer Ägide haben, die "Profis" servieren an den Tischen, an denen Gäste sitzen, die etwas mehr für die Kreuzfahrt spendiert haben. Totale Klassengesellschaft, aber immerhin so dezent, dass es die meisten Gäste nicht bemerken oder dies gar nicht wissen und zumindest nicht soooo schlimm wie auf der "Queen Elizabeth", wo es eigene Räume, Aufenthaltsbereiche, Bars etc. gibt, die nur von 1.Klasse-Passagieren betreten werden dürfen. Kein Zutritt für Zweitklässler unter den Seefahrern. Das macht dann aber auch keinen Spaß mehr... Titanic lässt grüßen.

Wussten Sie übrigens, dass ein anderes "Prinzesschen-Schiff", die "Queen Mary 2", als eines der ersten Schiffe insgesamt vier „Kühlbereiche“ für verstorbene Passagiere eingebaut und somit Platz für 2620 lebende und vier verblichene Passagiere hatte?? Es gibt Dinge, die will man gar nicht so genau wissen... Aber wie komme ich jetzt vom Essen unseres Schiffes zu verblichenen Kreuzfahrern? Purer Zufall, ich schweife ab.

Also nun aber wirklich ganz zurück zum Thema: Beim Mittagessen auf der MS Krawall hat man die (nicht immer freie) Wahl zwischen A-la-carte-Ausspeisung im Restaurant und Selbstbedienungsbuffet unter freiem Himmel. Wählt man das Restaurant, muss man für das Mittagessen zumindest (je nach Nationalität - aber dazu später!) eine gute Stunde einplanen. Meist wird man mit "Landsleuten" zusammen an einen Tisch gruppiert. Das hat Vor-, aber auch Nachteile. Der Vorteil: Man kann sich in seiner Muttersprache mit den anderen Personen am Tisch unterhalten. Der Nachteil: Man kann sich in seiner Muttersprache mit den anderen Personen am Tisch unterhalten.

Sind die Leute nett, plaudert man gerne. Sind die Leute eher ... naja... sagen wir... an Sympathie durchaus leicht zu übertreffen... wird jede Konversation zur Qual.

Da ein Kellner am Eingang zum Speisesaal die neu Eintreffenden immer nach deren Nationalität fragt, kann man sich, wenn man clever ist, weitgehend selbst aussuchen, mit welchen Landsmännern und -frauen man seinen Tisch teilen möchte, indem man einfach angibt, dieser oder jener Nation anzugehören. Aber Achtung! Andere Länder - andere Sitten!

Damit Sie nicht allzu sehr ins Fettnäpfchen treten, hier eine Kurzzusammenfassung der Nahrungsaufnahme-Eigenarten verschiedener Völker, die es zu beachten gilt:

Der Österreicher = der Suderant
(„sudern" = nörgeln, lamentieren, jammern, (be)klagen, raunzen – und das alles ausführlich, vor allem bei Kleinigkeiten, trotzdem ein bisschen liebevoll)

Sitzt man mit ihm an einem Tisch, wird unweigerlich und umgehend gejammert, was das Zeug hält und gleichzeitig ein Beispiel gebracht, dass es woanders viel besser war. Die Anreise war lang (Jammer!) - letztes Jahr sind wir mit dem Flugzeug nach XY geflogen (Besser!), der Busfahrer war unfreundlich (Nörgel!) - auf der Kaffeefahrt letztens hatten wir einen soooo netten und lustigen jungen Herrn (Besser!), die Kabinen auf dem Schiff sind sehr klein (Raunz!) - vor drei Jahren waren wir auf der MS Rosalinde, von Krems nach Bratislava, dort hatten wir riesige Kabinen (Besser!), der Landausflug heute war entsetzlich fade (Jammer!) - auf unserer Hochzeitsreise waren wir in YX, dort haben wir eine Stadtführung mitgemacht, an die erinnern wir uns noch heute soooo gerne (Besser!).

Das Eigenartige: wissen Sie, was genau dieselben Leute dann zu Hause von dieser eben erlebten Seereise erzählen werden? Genau: Die Anreise war soooo bequem und kurzweilig, weil wir soooo einen netten Busfahrer hatten. Und das Schiff erst: soooooo geräumige Kabinen und die Landausflüge: einer interessanter als der andere! Um es leicht abgeändert mit dem deutschen Volkssänger und KomödiantenKarl Valentin zu sagen: "Jo so san's, jo so san's, jo so san's, die alten Ritters-... äh... Ösi-Leut'...!"

Außerdem schwöre ich, dass spätestens nach zehn Minuten der Österreicher darüber jammert, WIE TEUER ALLES geworden ist. Früher hat er immer um x Schilling ein luxuriöses Leben führen können können. Heute kann er sich kaum einen Cocktail hier auf der Kreuzfahrt leisten. Und die Pension/Rente ist auch so niedrig. Er ist zwar schon 20 Jahre in Pension (jetzt ist er 75), aber er kann sich in den letzten Jahren nichts mehr leisten. Früher, ja da ist er noch oft ins Gasthaus gegangen. Jetzt ist ihm das zu teuer, die Portionen sind zu klein und es schmeckt sowieso nicht mehr so gut wie noch kurz nach der Entdeckung der USA durch Christoph Kolumbus. Jammer, jammer, jammer! Er redet und jammert, als ob er am Hungertuch nagen würde und man überlegt schon, ob man ihm vielleicht dezent einmal 50 Euro zustecken sollte, damit er sich was Warmes für den Winter kaufen kann... Er jammert und jammert, dass er kein Geld hat und vergisst dabei ganz, dass er auf einer Kreuzfahrt ist, die für ihn und seine Frau mit allem Drumherum im Schnitt mehr kostet als der durchschnittliche Angestellte in Österreich in drei Monaten verdient. Jammer! Aber vielleicht ist das Gesudere (österr. für Gejammer) ja ein Zeichen dafür, dass es dem Österreicher gut geht.

„Ich sudere, also geht's mir gut!" - Auch eine Lebensphilosophie.

Der Deutsche = der nichts-sagende Dauerredner
Gleich und gleich gesellt sich gern. Der Deutsche wird sich gerne zu Deutschen setzen und protokollartig das Tischgespräch beginnen: Wo kommen Sie her? Ah, aus XY, ja man hört es am Dialekt. Dann wird er checklistenartig abfragen, ob man schon einmal auf diesem Schiff war, wo man sonst urlaube, was man beruflich mache, ob man schon einmal in der Eifel war, ob man zufällig Lehmanns kenne, die wohnen ganz in der Nähe und dann wird er unweigerlich auf die Politik zu sprechen kommen.
Um's mit dem Satiriker Werner Schneyder (- ein Österreicher, 'tschuldigung!) zu sagen: "Sie hatten sich nichts zu sagen. Daraus entstand ein langes Gespräch."

Der Österreicher und auch der Schweizer haben so seine Probleme bei der Verständigung mit den deutschen Nachbarn: Der Bayer ist ja noch ein Mensch, mit dem man sich unterhalten kann, aber der Preuße an sich... ist schon schwer zu verstehen und die aus dem hohen Norden schnacken ja so, dass sie keiner mehr versteht, vom Urlauber, der aus dem ehemaligen Osten angereist ist, einmal sprachlich ganz abgesehen.
Beispiel?

Gerne: "Ich lauf mal hoch und kaufe zwei Rundstücke. Wo ist die Tüte? Oder haltest du da nichts von?"
vs.
"I geh obi und kauf zwa Semmln. Wo isn ´s Sackl? Oder wüst wos aunders?"
Selber Inhalt, angeblich gleiche Sprache, anderer Dialekt.
Nee, nee! Da halte ich nichts von!
Was trennt Österreich und Deutschland? – Die gleiche Sprache! (k.k.- Zitat. Nein, nicht (kaiserlich-köngliche Monarchie, sondern Wortspende von Karl Kraus.)

Österreicher und Deutsche haben trotzdem beim Essen eines gemeinsam: Alles geht ratz-fatz.
Suppe fertig, nächster Gang.
Schling-schling.
Her mit der Nachspeise.
Kellner: zahlen!
Servus und Tschüs!
18 Minuten 20 Sekunden.
Neuer Rekord. Rülpserchen.

Das Essen in Ruhe genießen? Sich Zeit lassen? Nö! Ist nicht. Ganz im Gegensatz zum:

Franzosen = Genuss-Träumer
Wollen Sie mit einem Franzosen sprechen, müssen Sie die französische Sprache beherrschen. „O-la-la", „Baguette", „Trottoir", „Portemonnaie", „merci" und „Croissant" reichen dafür allerdings nicht aus.
Der Franzose weigert sich beharrlich, andere Sprachen verstehen zu wollen, geschweige denn, sie zu sprechen. Auch auf eine internationale Zeichensprache lässt er sich nicht ein. Ja, das ist ein Klischee. Aber ja, es will bedient werden. Aber

ja, es trifft auch häufig zu. Wenn Sie mit einem Herrn oder einer Dame aus dem Land der Genüsse (auch schweigend) essen wollen, rechnen Sie genug Zeit ein. Es kann gut sein, dass der Franzose für ein paar Löffelchen Suppe eine halbe Stunde benötigt. Oder mehr. Nach jedem Schluck legt er den Löffel in die Suppe und redet angeregt mit seinen Landsleuten über Gott und die Welt oder er träumt auch nur stumm vor sich hin, während er gedankenverloren mit seinem Löffel in der Suppe rührt. Plötzlich hält er inne, hebt den Löffel an und ---- lässt ihn wieder unverrichteter Dinge in den Teller sinken und träumt weiter.

Die Suppe ist längst kalt, an den Tischen nebenan wird bereits saubergemacht und für das Abendessen gedeckt, der Putztrupp sieht hin und wieder bei der Tür herein - und der Franzose rührt noch immer in seinem Süppchen herum...

Dabei kann es leicht passieren, dass er - nach ewiger Rührerei und Stunden später, den Teller zur Seite schiebt: „Danke, ich kann nicht mehr."

Das fällt ihm allerdings auch erst jetzt ein. Der Kellner, der ohnehin nur mehr auf den französischen Teller gewartet hat, räumt sofort ab und hört im Weggehen den Gast sagen:

"Mit dem nächsten Gang warten wir aber bitte noch ein wenig..." - Der Franzose muss jetzt offenbar erst mal verdauen. Und alle am Tisch (mitgefangen-mitgehangen) müssen sich ebenfalls gedulden... So kann es dann über Stunden gehen... Über Tage... Wochen... Bis hin zum Zeitpunkt des Ausschiffens. – „Vive la France!"

Der Italiener = Egomane, liebenswert

Ein Italiener wird gar nicht bemerken, dass Sie bei ihm am Tisch sitzen. Er wird Ihnen daher auch nicht allzu viel Platz einräumen. Zu sehr wird er beschäftigt sein. Mit seinen Bambini, mit Mamma, Nonno, Guiseppe, Angela, Don Pedro,

Luigi, Antonella und den anderen. Er wird Sie nur bemerken, wenn Sie die Spaghetti mit Gabel UND LÖFFEL bearbeiten: "O donna mia!"

Andernfalls wird er Teller, Speisereste, Getränkedosen, Brote, Besteck, Parmesan etc. chaotisch über den Tisch verteilen, alles, was nach Essen aussieht, probieren, dabei ständig danebenkleckern (man sieht ja auch so schlecht, wenn man im dunklen Speisesaal Sonnenbrillen trägt) und im Großen und Ganzen ein Schlachtfeld hinterlassen. – Ciao, bello! Ciao, bella!

Der Holländer = säuft und kifft, aber isst nicht.

Stimmt SO natürlich nicht, aber leider waren zu dokumentationszwecken keine Niederländer an Bord. Oder sie haben sich nicht gezeigt.

Der Amerikaner = der Oberflächliche (und gerade deshalb hochgradig liebenswert)

Mit Amerikanern ins Gespräch zu kommen, ist einfach - wenn man etwas Englisch spricht, vor allem aber, wenn man Europäer ist. Auf die Frage, woher Sie kommen, können Sie jemandem aus der neuen Welt antworten, was Sie wollen, immer wird er sagen: "Schön. Ich habe eine Tante in Heidelberg. Clare Miller heißt sie. Kennen Sie sie?"

Nein, natürlich kennen Sie Clärchen Müller nicht.

Woher auch.

Aber sagen Sie das einem Ami, der denkt, Europa sei ein Dorf und jeder müsste jeden kennen.

Stellen Sie sich im Small Talk mit dem Gast aus Übersee auch darauf ein, dass alles "wonderful" ist oder "awesome" oder "lovely". Mindestens aber „great, yeah!".

Da Amerikaner unwissenschaftlichen Studien (=Sitcoms) zufolge zuhause kaum mit Messer und Gabel essen (-Fast Food und Besteck? Das geht nicht zusammen!) ist ihnen der

Umgang mit diesem Werkzeug weitgehend fremd. Zwar kennen sie den groben Verwendungszweck, die Feinheiten der Bedienung sind ihnen jedoch fremd. Egal, was am Teller liegt, es wird mit dem Messer klein geschnitten. Ab dann wird nur noch wahlweise mit Gabel oder Löffel alles in den Mund geschaufelt. Da man hierzu maximal eine Hand benötigt, ruht die andere lässig unter dem Tisch auf dem Bein (-dem eigenen oder dem der charmanten Nachbarin?).

Um die Gelenke dabei zu entlasten, wird dazu eine Art Lümmelhaltung eingenommen, sodass der Amerikaner an sich eher "zu Tische liegt", als "bei Tisch sitzt".

Sie können mit ihm Englisch reden, oder Deutsch - egal, er wird Ihnen immer lachend Zustimmung signalisieren: "Yeah. Great. Ha-ha!".

Es soll schon (allzu) übermütige Menschen gegeben haben, die lächelnd den Amerikaner gefragt haben: "You and your wife... you are zwei very big Depperte, right?" und das amerikanische Pärchen hat schallend gelacht und gesagt: "Yes. Ha-ha. Very big." --- Sicherheitshinweis in eigener Sache: Vor Nachahmung wird dringend abgeraten!

Nach dem Essen wird Sie jeder Amerikaner von Ihrem Tisch, vom Nebentisch, von überall her, lang und innig umarmen: "You are sooooo nice!", als wäre man eine endlich wieder gefundene lang verschollen gewesene geliebte Verwandte. Machen Sie allerdings nicht den Fehler zu glauben, dass Sie einer dieser Amerikaner am nächsten Tag - oder auch schon gleich später in der Bar - wiedererkennen oder von Ihnen Notiz nehmen wird. Denkste! Pustekuchen! - "Hi. Who are YOU?" - Achgott, wer sind denn SIE bloß...?

Treffen Sie also die Wahl - ob Sie zu den Suderanten gehören wollen - sich auf Plattdeutsch über deutsche Innenpolitik unterhalten wollen - einen Franzosen bei seinen Träumen begleiten wollen - von der italienischen Sippe zugemüllt werden möchten - in den Armen eines Amerikaners landen wollen oder - doch lieber statt dem Essen in der Bar mit einem Holländer einen hinter die Binde kippen wollen...

Mooooooo-ment! Sie haben natürlich auch noch die Wahl, sich an Deck am Buffet selbst zu bedienen. Dass die Sitten dabei etwas - sagen wir: rau - sind, wissen wir ja bereits (- siehe "Kaltes Buffet").
Hier gilt es nicht, sich zu entscheiden, zu wem Sie sich setzen möchten. Hier müssen Sie sich entscheiden, welcher Buffet-Typ Sie sind:

Der "Erfahrene"
Dazu gehören z.B. Studenten (Mensa), Fabrikarbeiter und Richter (Werks- bzw. Gerichtskantine), Soldaten (Feldküche) und Obdachlose (Ausspeisung).
Klar strukturiert gehen Sie an die Sache heran:
1. Tablett
2. Löffel, Messer, Gabel, Dessertlöffel
3. Suppenteller, flacher Teller (groß), zwei flache Teller (klein)
4. Auf die Teller schlichten/schöpfen/türmen/patzen, was Platz hat (Suppe, Hauptspeise, Salat, Dessert)
5. Platz suchen
6. Hinsetzen und in unglaublichen 03:08:02 Minuten alles hinunterschlingen.
7. Aufstehen und gehen

Der "Sucher"
Er geht, unabhängig von den Menschenmassen, die sich um das Buffet scharen, "erst einmal schauen". Überall drängelt er sich dazwischen, um einen Blick in jede Schüssel zu bekommen. Ihm ist es egal, dass seit einer Woche täglich die

Töpfe in gleicher Reihenfolge mit den gleichen Inhalten angeordnet sind. Er muss nachsehen, ob auch heute wirklich der vorletzte Topf mit Bohneneintopf gefüllt ist, wie die sechsmal davor. Nach der Besichtigung scheint der "Sucher" kurz unschlüssig. Was soll er jetzt tun? Er entschließt sich dann doch, sich in die Reihe der Buffetbesucher einzureihen. Er nimmt ein Tablett, bleibt unschlüssig stehen: Was gibt es hier so an Besteck und was davon soll er wohl nehmen? Er verschafft sich einen Überblick. Überraschenderweise gibt es Messer, Gabel und Löffel in verschiedenen Größen. Zögerlich nimmt er Messer und Gabel.

Dann geht er weiter zu den Speisen. Dort bemerkt er, dass es einfacher wäre, Suppe aus dem Kessel zu nehmen, wenn er einen Suppenteller hätte. Also strebt er wieder zurück zum Geschirr. Auf ein Neues.

Mit Suppe, einem Stückchen Fleisch und Beilagen kommt er lange später zum Tisch. Nachdem er sich gesetzt hat, bemerkt er, dass ihm ein Löffel fehlt. Also wieder los.

Irgendwann kommt auch er zum Essen.

Nach der Mahlzeit zeigt er plötzlich Richtung Buffet-Ende und meint: "Schau, da gibt es ja auch frische Pizza!" --- „Und Faschierte Laibchen hätte es gegeben!" --- „Und da drüben wären Rindsrouladen gewesen!"

Wozu bitte sehr hat dieser Mensch ewige Zeiten lang das Buffet begutachtet, wiederholt abgeschritten und inspiziert, wenn am Ende doch eine Überraschung nach der anderen auf ihn "einstürzt"? – Wohl ein bislang ungeklärtes Rätsel der Menschheit.

Der "Doppeldecker" – (Neu-Entdeckung des Jahres)
Auf ein normales Tablett passen in der Regel eine Suppenschüssel, ein Teller für das Hauptgericht, eventuell ein kleiner Salatteller und ein Getränk. Was also macht der

Italiener, der zudem noch einen Suppenteller voll Nudeln als zweite Vorspeise und einen Teller voll Risotto als Zwischengericht essen möchte? Richtig und unglaublich: Er nimmt ZWEI Tabletts und schiebt diese am Buffet entlang, wobei er sorgfältig darauf achtet, ja alle Teller randvoll und darüber hinaus zu beladen. Mit zwei übervollen Tabletts jongliert er dann zu einem freien Plätzchen. Wenn man dies das erste Mal sieht, denkt man noch: Nett, der junge Mann, trägt das Tablett für seine Mutter." Oder: "Wo hat der Arme seine Kinder verloren?" Oder: "Wow. Davon könnte man in manchen Ländern glatt zwanzig Menschen satt bekommen." Vor einem freien Platz angekommen, zeigt sich dann folgendes Schauspiel. Der schwer Beladene stellt ein Tablett so gut es geht auf den Tisch, dann setzt er sich und mangels Platz stellt er sich das zweite Tablett auf den Schoß. Doppeldecker! Und jetzt wird reingehauen, was nur geht. Vorspeise 1, Vorspeise 2, Zwischengericht, Salat, Hauptgericht... schlabber, schlabber, schlingschling.
Anmerkung: diese Menschen sind wohlgenährt und befinden sich auf Urlaub, nicht auf der Flucht!

Der "Logisch-Ästhetische"
Im Wesentlichen geht er die Nahrungsbeschaffung wie "Der Erfahrene" an (Punkte 1-3). Bei der Auswahl der Speisen ist er jedoch zügig und klar entschlossen. Er weiß, was er möchte. Gleichzeitig ist er auf ein schönes Erscheinungsbild des Tellers bedacht (Merke: "Das Auge isst mit!") und legt daher eher kleinere Mengen hübsch und ansprechend auf seinen Teller. Sorgfältig achtet er darauf, dass die Scheibe Brot am Salatteller oder nötigenfalls auf einer Serviette liegt, dass der Schnittlauch über der Suppe mittig gestreut ist und dass die Nachspeisen am Dessertteller liebevoll mit Früchten dekoriert sind.

Trotz dem ganzen Schnick-Schnack ist er aufgrund seiner Entschlossenheit und Entscheidungskraft einer der Schnellsten am Buffet.

Der "Einzel-Gänger"
Ihn sieht man immer nur mit Einzelteilen durch die Gegend irren. Mal ein Teller mit Nudeln, dann ein Wasserglas, dann wieder ein Suppenschüsselchen, später etwas Salat, kurz darauf ein Essigfläschchen, dann ein Stück Torte, ... so nach und nach hat auch er alles zusammen, was er möchte.

Der Macho, der Ehe-Jubilar (40 Jahre Ehe, mind.) und der Verliebte
Drei gegensätzliche Typen von Grund auf. In Ihrem Buffet-Verhalten jedoch identisch:

a) Der Macho schafft seiner Freundin/Frau an: "Bring mir das und das und dann will ich noch das und das."
Er hält inzwischen den Platz warm.
Kommt die Frau dann mit seinem Essen, heißt es: "Wo ist das Salz? Warum hast du mir keine Kartoffel mitgebracht?" usw.

b) Der Ehe-Jubilar lässt sich ebenfalls auf einem freien Platz nieder, während seine Frau für ihn das Essen holt. Schließlich weiß sie (besser), was er gerne isst und was sein Magen gut verträgt und was gesund für sein Herz ist.
Brav und in sein Schicksal gefügt nimmt der Ehegatte dann die salzarme, vitamin- und ballaststoffreiche Kost, die ihm seine Frau gebracht hat, zu sich.

c) Der Verliebte darf sich heute bedienen lassen. Seine Freundin/Frau ist so verknallt in ihn, dass sie ihm nur ins Ohr geflötet hat: "Schatz, setz dich doch dort vorne an den netten Zweiertisch, ich bring dir was mit!"
Und liebevoll überlegt sie am Buffet, was wohl für ihren Liebsten das Richtige sei. Liebe- und hingebungsvoll dekoriert

sie die Teller und Speisen für ihren Liebling mit kleinen Herzchen oder süßen Früchten, die sie von der Dekoration des Buffets "ausgeborgt" hat.

Antwortet der Geliebte dann mit: "Danke, Schatz. Küsschen. Das sieht ja lecker aus," und hält ihr eine Erdbeere mit einem Klecks Schlagobers zum Abbeißen hin, dann beginnt für die beiden ein wunderschönes gemeinsames Mittagessen.

Antwortet der Geliebte mit: "Das hat ja gedauert. Und was soll das ganze Zeug da rund um den Kuchen?", dann gehört er unweigerlich zur Spezies vom Typ a) (siehe oben) und dann beginnt für die beiden ein wunderschöner gemeinsamer Streit zum Mittagessen: "Nichts kann man dir recht machen" - "Ich will ein Steak, keine Deko-Rosen!" - "Habe ich nur für dich gemacht!" --- "Selber schuld!"... etc.

Der Verweigerer

Er kennt das Buffet aus den Tagen zuvor, vergewissert sich trotzdem, dass es nichts Neues von der Buffet-Front zu berichten gibt, geht ein Deck höher in die Bar und bestellt sich einen Toast-Hawaii und ein Glas Orangensaft.

Und wo finde ich mich wieder?

War ich anfänglich noch logisch-ästhetisch bemüht bzw. als „anliefernder" Part der Kategorie "Macho und andere" verbunden, wurde ich nach acht Tagen auf dem – von meinem Begleiter (aufgrund unerträglich lautem Getöses und Geknatters an Deck) „MS Krawall" getauften Schiffes - unweigerlich eine erbitterte Anhängerin der letzten Kategorie.

Aber bei mir geht die Verweigerung noch weiter: Ich weigere mich nämlich beharrlich, einen Kommentar zum Essen an Bord abzugeben. Über Geschmack lässt sich bekanntlich nicht streiten. Was es auf jeden Fall hervorzuheben gilt: Meist gab es

Mahlzeiten, die sehr liebevoll angerichtet und ausnehmend hübsch dekoriert waren. Die gab es genau dann, wenn wir uns selbst am Buffet bedienten…

TÜR ZU!

Windstärke 10. Danke, das haben wir noch gebraucht. 80% der Passagiere liegen in den Kabinen, das Showprogramm wurde abgesagt. Auch die Besatzung ist stark dezimiert. Alle paar Meter sind in den Gängen „Sickness-Bags" aufgelegt, falls man es nicht mehr rechtzeitig in die Kabine schafft und unterwegs…
Ich bin gottseidank robust, mir macht der Seegang nichts. Mir ist fad. Ich sitze alleine in der Bar, nuckle an einem Cocktail und unterhalte mich mit dem Barkeeper, der auch schon ein wenig blass um das Näschen wirkt. „Das ist der Golf von Lyon, den wir durchfahren. Das ist im Herbst ganz normal."

Zwei Tage später: Das ist jetzt nicht mehr der Golf von Lyon. Das ist immer noch Herbst, aber nicht mehr ganz normal. Seit Tagen schippern wir auf offener See herum, im großen Bogen um die Balearen, jetzt wackeln wir vor Gibraltar herum. Immer noch Sturm, wir können in keinen Hafen einlaufen. Wie die berühmte Nuss-Schale treiben wir fernab der Küste mal vor, mal zurück. Ich hoffe, der Kapitän weiß, was er tut. Toni liegt seit Tagen in der Kabine und hat mit seinem Leben abgeschlossen. Sein maiengrüner Teint verheißt wirklich nichts Gutes. Die Tabletten vom Schiffsarzt bewirken lediglich, dass er wie ein Siebenschläfer vor sich hindöst. Ich kenne mittlerweile jeden Winkel des Schiffs. Und den Barkeeper. Er ist jetzt nicht mehr blass um die Nase. Er hat mir erklärt, dass man bei hohem Seegang kleine, schnelle Schritte machen soll, damit man nicht zu sehr aus dem Gleichgewicht kommt. Stimmt. Ausprobiert, für gut befunden.

Ansonsten ist es öd. Nach draußen darf man nicht. Will man auch nicht, da man sofort von den hohen Wellen hinweggeschwappt werden würde. Ich jammere immer noch, weil ich gerne in Ibiza, aber auch in Gibraltar von Bord gegangen wäre. Man macht ja eine Kreuzfahrt nicht unbedingt nur des Dahinschipperns wegen.

Toni schwört, nie wieder auch nur in die Nähe eines Kreuzfahrtschiffes gehen zu wollen. Von „in See stechen" ist sowieso keine Rede.

Ich habe – auf meinen einsamen Rundgängen, einsamen Mittagessen (- noch immer liegen die meisten Passagiere flach und denken an vieles, aber nicht ans Essen) einen netten Herrn kennengelernt, dem der wilde Wellenritt auch nichts auszumachen scheint. Er ist Reisetester. Am letzten Abend, wir sind bereits wieder auf der Rückreise nach Marseille, unsere Enddestination, erzählt er mir ein wenig aus seinem Arbeitsalltag.

Sie erinnern sich, wie schwierig es ist, jemandem zu vermitteln, dass man Geograph ist? Dann haben Sie keine Ahnung, wie es ist, wenn sich jemand vorstellt und sagt: „Tag, ich bin Heiner, ich mache Testreisen!"

Daher bringen wir ein wenig Licht ins Dunkel:

Testreisen – was ist das? Hautcremen werden auf Ihre Verträglichkeit getestet, Ferrari testet neue Formel-1-Autos, der Augenarzt testet die Sehkraft, der Gourmet-Kritiker testet das Spargelsüppchen, der Elektriker testet die Spannung, der Wintersportler die neuen Ski… - alles und jeder wird getestet. Warum auch nicht die schönste Zeit im Jahr einem (oder mehreren) Tests unterziehen? Testreisende machen, was ihr Name verrät: Sie testen Reisen. – So einfach ist das. So einfach?

Nicht immer. Schön, wenn an einem Tag organisatorisch etc. alles klappt. Aber wehe, wenn das erste zu besuchende Museum Ruhetag hat, das zweite erst nachmittags aufsperrt, das dritte nicht auffindbar ist, in einer Höhle erst ab der nächsten Woche wieder Führungen stattfinden (wenn überhaupt – das Informationsblatt an der (geschlossenen) Kasse ist in tschechischer Sprache – obwohl man sich in Italien befindet…), in der anderen Höhle in den nächsten zwei Stunden nur Führungen in japanischer Sprache stattfinden, in der dritten hingegen eine Reservierung für eine Exklusivführung verschludert wurde und die vierte schlichtweg absolut nicht sehenswert ist, ein Hoteldirektor den Termin verschlafen hat, ein anderer sich verspätet und der dritte seinen inkompetenten Stellvertreter schickt, der nicht einmal zu sagen vermag, wie viele Zimmer das Haus insgesamt hat. Dann, ja dann ist der Testreisende von Urlaub ungefähr so weit entfernt wie Fidel Castro einst von der Wahl zum Papst: „Habemus Fidel Papam!"

Testreisen sind keine Urlaube, glauben Sie mir, meint Heiner. Aber die Arbeit sieht ja keiner. Jeder sieht den Testreisenden nur, wenn er ausnahmsweise einmal fünf Minuten entspannt am Strand liegt. „Aha. Schau, schau: der Tester. So sieht also seine Arbeit aus. Den ganzen Tag urlauben und dafür noch bezahlt bekommen…"

Wie es aber ist, wenn tatsächlich einmal das eine oder andere nicht auf Anhieb klappt, um das zu verstehen, hat mir Heiner etwas über „Tržišže" erzählt.

Auf einer Slowenientour sollte er in Tržišže eine Glashütte besuchen. Sollte er, ja. Internetrecherche und diverse Reiseführer ergaben folgende Auskunft: In Tržišže (2 km südöstlich des Kurorts Rogaska Slatina an der Straße nach Rogatec) wird [...] in riesigen Glashütten Glas geschmolzen und [...] (es) entstehen in den benachbarten Fabriksanlagen exklusive Glasobjekte [...].
Jetzt muss man dazusagen, dass die Kenntnisse des Slowenischen ... sagen wir... bei Heiner nur marginal vorhanden sind („Dober dan!"). Tr – schi - sche war seiner Meinung nach eine Aussprachevariante, die in etwa der Realität entsprechen sollte (laut Internet).
„An der Straße nach Rogatec": diese zu finden war eine der einfachsten Übungen, nur: nirgendwo kam an der besagten Straße etwas, das nach Trz – is – ze oder einer Glashütte ausgesehen hat. Touristeninfo? Wie immer in solchen Fällen: geschlossen. Mit Karte, Atlas und dem Wort Tržišže auf einem Blatt Papier bewaffnet, holte er die ersten Einkünfte ein. Niemand schien Tritzische zu kennen. Nach gefühlten drei Ewigkeiten wies ihn jemand an, in Richtung Rogatec zu fahren. Danke, da war er schon. Hatte er etwas übersehen? Also noch einmal los... Resultat: Wieder nichts. Erneutes Wendemanöver und wieder jemanden gefragt. Dasselbe Spiel: Schulterzucken, Kopfschütteln. Bis ihn jemand wieder zurückschickte. Aha. Also irgendwo zwischen hier und dort musste dieses Tschritzije offenbar liegen. Etwas genervt von der Hin- und Hergeschicktwerderei wagte er einen letzten Versuch und fragten noch eine ältere Dame am Straßenrand nach diesem „Tischrischte" oder wie auch immer.

„Aaaaah!", die Dame johlte auf: „Sie meinen Tri-SCHI-schtsche!", wobei ihre Stimme in etwa bei der Silbe „SCHI" in unerwartete Höhen emporschnellte und die Betonung auf eben diese Silben ansetzte. „Tri-SCHI-schtsche, Tr-tzi-tze oder Tisch-ritze – egal! „WO IST DAS?", fragte Heiner sie. „Da-da!" war die Antwort. Soviel Slowenisch konnte er, dass er wusste, dass „da" soviel wie „ja" heißt. Die nette zuvorkommende und gebildete Dame konnte etwas Deutsch und wollte ihm vermitteln, dass er „da – da" war. Hier war also dieser „Ort mit T". „Da-da…nke!" sagte Heiner artig und versuchte, die Dame, die weitergehen wollte, am Rockzipfel festzuhalten: „Glashütte. Wo?" fragte er in gepflegtem, aber grammatikalisch noch ausbaufähigem Deutsch. Da-da war es wieder: Da-da..s Schulterzucken. Weil das wusste die Da-da…me leider nicht. Sie machte jedoch eine vage Handbewegung auf die andere Straßenseite zu einem Glaswarengeschäft: „Dort fragen!" Äh…?

Ok, Heiner sauste in das Geschäft und fragte dort eine freundliche Dame: „Ich suche „Trizise", können Sie mir weiterhelfen?"
Achtung, jetzt kommt die Pointe! Wohlgemerkt, Heiner war auf der Suche nach einer Glashütte, die in einem renommierten Reiseführer mit dem Prädikat „sehenswert" vermerkt war.
Die Dame bat Heiner, kurz zu warten, griff zum Telefon und sagte: „Ich werde in der Filiale anrufen und fragen, ob Sie das Modell „Trizise" noch lagernd haben.
Wenn jemand eine Reise tut, dann kann er was erzählen!

AUSSCHIFFUNG

Nie wieder! Nie, nie wieder. – Toni fluchte vor sich hin. Wenigstens hatte er jetzt wieder eine gesunde Gesichtsfarbe. Das Von-Bord-Gehen funktioniert, dank jetzt wieder ruhiger See, völlig problemlos.

Naja, vielleicht nicht für den Italiener, der – noch immer – mitten im Bauch des Schiffes mit cooler Sonnenbrille umherstolpert, wild gestikuliert und lautstark mit seiner Mamma telefoniert…

Naja, vielleicht auch nicht für den Amerikaner, der – noch immer – alles „Awesome!" findet, manchmal auch einfach nur „Great!" und der immer wieder auf die Wände des Schiffes klopft. Wohl, um sich erneut zu versichern, dass hier alles „echt" ist. Und keine Deko, keine Kulisse. Kein Disneyland.

Naja, vielleicht auch nicht für den Deutschen, der sich – wie so oft – schon eine Stunde vor der angegebenen Zeit vor dem Ausgang einfindet klagt, dass man mit der Ausschiffung doch schon eher starten könnte. ER wäre bereit.

Naja, vielleicht auch nicht für den Franzosen, der immer noch über der Suppe sitzt und über Gott und die Welt nachdenkt. Mon Dieu!

Naja, vielleicht auch nicht für den be*** Niederländer, sollte er an Bord gewesen sein ☺ .

Aber: All diese unterschiedlichen, nennen wir sie „kleinen Eigenarten" aller Passagiere, so verschieden, so liebenswert oder auch so nervig sie manchmal sein mögen, machen eine Kreuzfahrt, eine Reise, das Leben erst so richtig unterhaltsam und sorgen für prägende Erinnerungen.

(Oder erinnern Sie sich nach einer Reise an den unzähligen kultivierten Mitreisenden, die sich im Speisesaal mit gedämpfter Stimme dem Small-Talk über das Wetter hingegeben haben? Nein! Aber Sie erinnern sich an den temperamentvollen Herrn, der sich lautstark bei der Chef-Hostess beschwert hat, dass an seinen Tisch beim Abendessen nicht mit weiteren fünf Herrschaften teilen möchte. Ja, an DEN erinnern Sie sich…

Das ist wie mit dem Kaffee-Fleck. Dass Sie sich am dritten Seetag beim Frühstück, ausgerechnet als Sie das helle Oberteil getragen haben, mit Kaffee bekleckert haben, ist Ihnen in Erinnerung geblieben. (Wohl auch, weil der Fleck sich auch nach mehrfacher Wäsche immer noch kontrastreich von seinem Hintergrund abzeichnet.) Was Sie an den anderen Tagen getragen haben – Sie werden sich nicht erinnern!

Also: Essen Sie Spaghetti mit Löffel, stürzen Sie ans Buffet, als ob es kein Morgen gäbe, kaufen Sie im Urlaub Obstschalen in der Dimension von Satellitenschüsseln und vergessen Sie nicht, alles und jeden fotografisch festzuhalten. Ihre Liebsten zuhause warten schon freudigst darauf, sich Ihre 23.617 Urlaubsfotos ansehen zu dürfen. Also schießen Sie kamera-/smartphone-technisch los:

-

Sie erinnern sich? *„Schönste Blick!!! Wollen Foto?"*

Ja, ich will!